OBSERVATIONS
SVR LES
FONTAINES
MINERALES
DE VALS.

Diſtillées par Jacques Reynet
Apoticaire d'Aubenas.

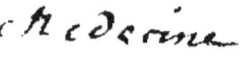

EN AVIGNON,
De l'Imprimerie de IACQVES BRAMEREAV,
Imprimeur de ſa Sainctecé, de la Ville, &
Vniuerſité.

Auec permiſſion des Superieurs.
M. DC. XXXIX.

3

A HAVTE ET PVISSANTE DAME

Madame Marie de Montlor, Comtesse dudit lieu, Marquise de Maubec, Baronne d'Aubenas, Monbounet & Mirmande, Dame de Monpesat Vals. &c. Vesue de haut & puissant Seigneur Messire Iean Baptiste Dornano Mareschal de France Lieutenant General pour le Roy en Normandie, & Gouuerneur de la persône de Monseigneur Frere vnique de Sa M.

*ADAME,*

Ie n'ay point eu de pensée dans mes obseruations sur les eaux de

vos fontaines de Vals qui ne m'ayt inspiré
le desir de les offrir à vostre Grandeur, plu-
stost que le dessein de les faire voir dans le
monde ; mais le respect que vostre condition
Eminente, & vostre parfaicte vertu impri-
ment dans les cœurs, m'auoit tellement ab-
batu le courage & estouffé toutes les puissan-
ces de ma raison, qu'il faut que j'aduoüe,
(Madame) qu'à peine ay ie osé vous
rendre c'est hommage auquel ma naissance
m'oblige; Outre que ces grands merites qu'on
n'acheue iamais de dire, & que les moindres
de vos actiös nous föt admirer, surpassoint
de trop loin mon ambition, & faisoint trop
de iour à l'imperfection de mes escrits, pour
me faire aprocher d'vne clarté si grande,
ce que ie n'ay formé qu'à la fumée du charbon. L'aduantage que ce petit discours re-
ceura de paroistre soubs vostre protection,
& les fautes que mon peu d'estude y rendra

cognoiſſables, m'ont fait reſoudre de ſup-
plier voſtre Grandeur de l'auoir agreable,
afin que lors que mon iugement ſera mieux
inſtruict, on ne m'impute point à temerité,
les actions que ie veux produire: ie veux dire (Madame) que ſi mes forces peuuent eſ-
galer mes deſirs, ie tacheray de vous pre-
ſenter des ouurages qui ſoint plus parfaits
& d'obliger ceux qui les verront à confeſſer,
que vous ayant pour object de mes œuures,
ie ne pouuois moins faire que d'y reüſſir ; Ce
ſera pour m'acquerir de la gloire, mais ſeulement celle de me dire auec toute ſorte d'hu-
milité.

MADAME,

Voſtre tres-humble, & tres-
obeiſſant ſeruiteur, & ſujet.
REINET.

ADVERTISSEMENT.

I'Aduoüe que suiuant mon-
premier dessein, lors que d'vn
discours familier, ie vins à dé-
crire les raisons que j'auez auancées
sur les eaux minerales de Vals, ie ne
me croyois point obligé de faire des
excuses de ce que ie nevoulois pas ha-
sarder aux diuers iugemens du public:
Le seul desir de me satisfaire moy mé-
me, & dissaier si mes opinions seroiét
receuables en vn subjet si doubteux,
me fit tracer auec asses de desordre, ce
que mon esprit me suggera. Il est vray
que ie m'estois occupé quelque téps
auparauát à despoüiller les mineraux
de ces Fontaines, par les operations
Spagiriques des habits que la nature

leur à donné, pour contenter la cu-
riofité de Madame la Marefchalle
Dornano qui me le fit commender
par le Sieur Simon fon Medecin , &
que cefte Operation de la main m'ou-
urit le Chemin à celle de l'efprit, & me
fit prendre enuie d'efprouuer le fenti-
ment de quelques vns de mes amis
aufquels i'en baillay des coppies:
mais ne pouuant obliger toux ceux
qui efperoient d'en receuoir , i'auois
plus de defir de retirer ces obferuatiós
de la veuë du monde, pour efpargner
ma main de tant efcrire , que de les
faire voir en autre lieu que dans vn
cabinet, ou ie les croyois à labri de la
medifance ; Ie n'ay peu pourtant ef-
fectuer cefte volonté, & les prieres ou
perfuafions de mes amis , ayant pre-
ualu par deffus ma refolution, i'ay efté

contraint de lascher ce que ie ne pouuois pas retenir. Ie prie le Lecteur de
prendre la peine de lire ce petit traicté
auant que m'accufer de temerité, car
il verra que n'ayant promis que de remarques, ie ne profonde pas vn fujet
digne de l'employ des meilleures plu-
mes. Ce dequoy ie fais plus de gloire
en ce lieu, eft de confondre l'opinion
de certains ignorants qui croient que
la Chymie ne peut eftre apuyée que
fur du charbon & que la raifon n'eft
point auec elle, ceux la s'ils compren-
nent mon raifonnement, verront icy
que la raifon m'a defcouuert beaucoup de fecrets dans la Chymie, &
que la Chymie fçait donner des veri-
tables fubftances aux idées de la raifon.

AVANT PROPOS.

IL eſt certain que les remedes comme vn autre air dans la nature ne
ſouffrent point de vuide, que ce grand
monde eſt rempli de merueilles pour
noſtre ſubſiſtance , & que meſmes
auparauant noſtre eſtre Dieu auoit aſ-
ſigné à toutes les ſubſtances, les proprietez qui nous eſtoint neceſſaires,
comme ne pouuans eſuiter les peines
du peché que nous deuions commet-
tre : Mais ceſte cognoiſſance eſtoit
encores rude, lors que les hommes
commencerét d'en auoir beſoin, d'autant que ceux qui ſe la pouuoient acquerir, n'auoient que de legers ſenti-
mens, des violentes douleurs que nous
ſouffrons deſpuis, d'où vient qu'au-

jourd'huy les meilleures marques de
l'esprit des hommes pour se faire des
preseruatifs excellents, sont les tristes
tesmoignages de la foiblesse de leurs
corps. Nos premiers parens n'auoient
pas moins de moyens que nous en
auós pour se guarentir de leurs maux,
& les matieres que nous employons
n'estoient pas moins pourueües de
c'est esprit vniuersel, & de ces influ-
ences celestes qui nous les rendent sa-
lutaires, puis que dans leur premiere
naissance toutes choses estoient plus
parfaites, & les qualitez plus puissan-
tes au sortir de la main de leur Maistre,
qu'à present qu'elles ne font plus que
vieillir; Que si ces grands hommes ont
negligé des espurer les escences cóme
nous faisons. Ils ont eu plus de gloire
d'auoir sçeu bien viure pour s'affran-

chir de ce besoin, que nous n'en auons
de bien operer pour reparer noftre in-
continence , & leur repos à efté plus
folide de n'auoir point trauaillé leur
efprit pour les incommoditez de leur
corps, que les miracles de la Medecine
ne nous en peuuent caufer par leur ar-
artifice.   Toutes les qualités des mix-
tres foient occultes , ou manifeftes, &
font qu'vn enchainement, & vne longue fuite de leur plus grande vertu en
leur origine, & fi noftre raifon eft affes
forte pour nous les faire comprendre
apres ce grand FIAT duquel Dieu les
fit n'aiftre , nous n'en aurons pour de
penfée qui ne prefupofe leur eftre ac-
compli auparauant mefmes celuy des
hommes , tant il eft veritable que la
Nature à eftallé tous fes trefors à nos
predeceffeurs , ie dis ceux qui font

neceſſaires pour viure ; que ſi c'eſt ordre ſemble eſtre inuiolable parmi des
choſes inſenſibles , n'auons nous pas
ſujet d'en admirer l'interruption , &
l'effort que ceſte meſme nature ſe fait
en noſtre faueur; Ceſt exemple ſe void
aux eaux minerales de Vals , qui ont
ſi long temps coulé ſoubs la terre, que
ſi leur vſage fut venu dans vn autre
temps, i'aurois honte moy meſme des
veritez que ie viens de dire , mais ob-
ſeruāt que leur ſortie ſe fait en la plus
belle ſaiſon des vertus (ou pour le
mieux faire entendre) dans les iours
& ſur les terres de ceſte grande Mareſ-
chale de France Marie de Montlor,
qui ne crera que ces eaux euſſent vne
ſecrete intelligéce du temps, que c'eſt
Aſtre deuoit reluire, pour en emprun-
ter comme de leur Soleil la gloire dõt

elles iouiſſent : Ceſt effect ſi extraor-
dinaire de ces eaux qui ont eſté ca-
chées durất tant de ſiecles, me fait encores penſer, que la terre nous voulất
faire monſtre de toutes les proprietez
des minieres par vn ſeul mineral, à at-
tendu qu'vn ſeul eſprit parmi les hő-
mes, fut orné de toutes les perfections
qui font eſtimer tous les autres, & que
le Ciel nous preſentat en vn meſme
temps, & dấs le meſme objet de Marie,
ceſte grandeur d'ame capable de
toutes les vertus que la Morale nous
enſeigne.

A MES OBSERVATIONS
Sur les Eaux minerales de Vals.

PVIS que *MARIE* est mon object
Que d'vn *Rocher* sort mon sujeEt
Qu'vn *MONT* ou *LOR* reluit m'aßeure;
Ie vous depite, medisans
De confondre mon escriture
Quand vous y songeries dix ans.

Par I. R.

Sur les fontaines minerales.

POVVOIR reculer le trespas
Et nous soulager dans nos peines
Sont les rares effets de l'eau de nos Fõtaines
Que dans le meilleur vin, on ne trouueroit
pas.

Par le mesme.

OBSERVATIONS
SVR LES FONTAINES
Minerales de Vals.

*Distillées par J. Reynet Apoticaire
d'Aubenas.*

DE tout ce qui à esté creé pour l'vtilité & le contentement des hommes, les Elemens qui se sôt meslez en eux mesmes, pour concourir à la generation de tous les mixtes, doiuent tenir le premier rang, & pour leur beauté, & pour leur bonté nous estre plus considerables ; mais des Essemens (le Ciel excepté que quelques Philosophes Chymiques veulent mettre à la place du feu dans

ceſt ordre) rien ne paroiſt ſi beau, ſi
vtile ny ſi neceſſaire que leau, qui contient dás ſoy les principes de la generation de toutes choſes, & qui mémes
ſuiuant l'opinion de pluſieurs, en à
eſté le commencement:c'eſt Element
ou le Ciel ſe mire ſans ceſſe, pour y
conſiderer ſa premiere origine (s'il eſt
vray qu'il ne ſoit qu'vne eau ſublimée
par deſſus les airs) Et dás lequel no' vo-
yons des portraicts qui trómpent nos
yeux en la reſſemblance des plusbelles
choſes du monde, ne retient celle du
Ciel & de ſes Aſtres, que pour ſoulager
noſtre veuë, & entretenir par vne
proximité plus gráde, les penſées que
ce lieu rempli de tant de merueilles
nous doit ſuggerer : Mais pour n'aſpi-
rer pas à la gloire d'eſtre meditatif
dans ces obſeruations, diſons qu'il ne
retient

retient ces idées, que pour nous faire
aduoüer qu'ayant vn corps capable de
nous reprefenter la figure de tous les
autres qui font dans la Nature, il a fans
doubte vne fubftance imbuë de toute
leurs vertus, & que nous ne le pouuans
cognoiftre, dâs fa pureté elementaire,
pouuons le voir meflé en beaucoup
de façons ou il retient toufiours la nature de fon principe. Ces diuerfitez
d'eau n'eftans pas efgalles par tout,
celle des fontaines emportera fans
doubte le deffus fi elle eft confiderée
par fa pureté, pour eftre propre à noftre nourriture, mais principalement
pour noftre fanté, & du rang des fontaines, les minerales du lieu de Vals en
Viuaretz ont des vertus fi merueil-
leufes, que les rares effects qu'elles ont
produit à vn nombre infini de perfon-

B

nes, leur font des triomphes côtinuels fur toute autre forte de fources. L'anatomie que i'en prefente en ce cayer, faira iuger les cognoiffants de ce qu'elles valent , en attendant que le téps les proclame plus que les efcrits.

Ces fontaines font plufieurs fources qui foubs, vn mefme genre de fel, retiennent chacune à part les proprietez de diuerfes efpeces , fans toutefois aucun meflâge particulier des mineraux, mais bien à raifon de la differente coction du fel Vitriolic , que la chaleur interne leur communique dans leur carriere , c'eft de là que nous remarquons des differentes actions en ces eaux que nous examinerons en leur lieu.

Les noms que les habitans de Vals leur ont impofé pour en faire la difference à l'hôneur de Madame MARIE de MONTLOR, MARQVISE de Maubec & Mareschale de France, ont vne si grande conuenáce auec les perfections d'vn si glorieux tiltre, que cóme toutes les vertus les plus heroiques font dans leur trofne auec vne si grande Dame, la Nature à mis tous ses efforts à rendre infufes dans ces fontaines celles de toutes les eaux qui en ont le plus, afin d'accópagner d'auffi pres qu'il luy eft poffible, les grádes actiós defquelles ceft illuftre fujet eft capable par les efficacieufes proprietez de celles-cy, qui femblent n'auoir voulu pareftre fur la terre foubs autre domination que la fienne, affin de poffeder par fes beaux noms, vne renommée glorieufe, auparauant mefmes qu'on euft cogneu leurs qualitez.

La fontaine appellée MARQVISE qui eſt celle par laquelle on en com-mence l'vſage (ordre que nous ſui-urons en ce diſcours (eſt ſituée au bord de la riuiere Volane qui a ſept ou huit pas de largeur , & quantité de truittes deſſus vn Rocher qui regarde le Soleil couchant, & ſort à boüillons d'vne fente dans vn petit baſſin creu-ſé ſur le mémeRocher,ſemblant eſtre pouſſée du fóds d'icelui auec quelque violence , qui ne peut eſtre cauſée que de la force des eſprits metalliques, qui à raiſon de l'eſpaiſſeur du Rocher n'ont pas aſſez d'iſſuë , pour s'eſuapo-reï par autre conduit, ny par les poïes dont la terre eſt ouuerte , ce qui ſe re-marque plus apparémeɴt en pluſieurs endroits des prochains Rochers, ou les meſmes eſprits reſonnét par fois ſi haut, qu'ō les peut ouyr d'affez loing.

Les eaux ce ceſte ſource ſont mixtes de terre calchanteuſe imparfaicte,
ou pour mieux dire, d'vn ſel naturel
empreint des eſprits metalliques du
cuiure & du fer, qui eſt diſſoult par
l'eau elementaire dans les entrailles de
la terre, laquelle paſſant dans les ſuſ-
dits mineraux ſe charge de ce ſel, &
eſprits d'iceux, deſtournant par ce moyen la qualité coagulatiue du Vitriol,
en remportant auec ſoy l'acrimonie,
qui excite la purgation (plus par irri-
tation de la Nature que par attraction
des humeurs, comme font les autres
purgatifs) & par la tenuité de ſa ſubſtáce plus grande qu'au Vitriol cómun à
vne vertu aperitiue qui agit plus en la
fontaine MARIE qu'en celle-cy, où la
coction n'eſt pas ſi parfaite, c'eſt pour-

quoy ces eaux ne font vriner que selon la facile difpofitió des perfonnes:
& bien que le Vitriol duquel ces fontaines font mixtes, n'ait pas tous les
accidents du Vitriol vulgaire, il ne refte pas de participer à fa plus particuliere fubftance, & d'eftre capable de
femblables effects, ce qui fe voit aux
qualitez, vomitiue, purgatiue, diuretique, & narcotique de ces fources,
chafcune en fon particulier. Les trois
premieres qualitez pour eftre affez co.
gneuës femblables entre ce foffile, &
ces eaux, & obferuées des moins cu-
rieux en la Medecine, qui fçauent que
le Vitriol blanc ou vert, fimplement
diffoult dans de l'eau fait vomir, qu'ó
en fait des Chriftaulx, & extraicts purgatifs, & que fon efprit fert de fouue-
rain remede à la difficulté d'vrine, no'

dispence d'en faire vne plus grande
obseruation, pour ne charger ces remarques que de ce qui est vtile pour
la cognoissance de cet excellent com-
posé par vne Chymie naturelle, &
qu'on peut referer ces mesmes vertus
aux fontaines de ce Pays, qui sans cor-
ruption, ny generation que de la Nature, ie veux dire sans aucune prepara-
tion spagirique, nous donnent par
diuers canaux vne liqueur perlée en
sa forme & en ses vertus, qui fait vomir, fait aller du ventre, & fait vriner
selon les sources que nous auons desia
dites differentes : Mais la derniere
qualité n'estant pas si cognuë, & l'o-
pinion qu'on en a me semblant peu
raisonnable au regard de son vray su-
jet, ie descouuriray dans le Vitriol par
le moyen d'vne dissolution & precipi-

tation conuenable, l'ayant auparauãt
difpofé felon l'Art , vn Magiftere ou
Soulphre Narcotic qui fert de baze
à vn laudanum excellent au lieu de
l'opium pour caufer le fommeil,& duquel on exhibe auffi petite quantité
que d'opium mefmes pour vn pareil
effect , &n'eftimeray pas qu'admettrãt
du Vitriol dans ces eaux perfonne l'y
vueille trouuer fans fes proprietez ef-
fentielles , n'y qu'en eftant pourueu
auffi bien icy qu'en tous les autres lieux où la Nature le produit, on doute
qu'elle ne fçache pas faire pareftre fes
rares vertus,la Narcotique eft de cefte
Nature, & nul Vitriol ne peut eftre
fans en eftre pourueu,bien qu'on faffe
election d'iceluy , lors qu'on veut en
extraire le foulphre,&cela eftant cefte
Maiftreffe des Sciences & des Arts , la

Nature qui nous a apprins à faire les
operations fpagiriques, ne manque
pas de moyens, pour faire operer en
ce lieu, quoy qu'auec vn peu de foi-
bleffe, vn affoupiffement en ceux qui
ont beu de ces eaux prefque le long
du iour, qu'on ne peut mieux attribuer qu'au foulphre de ce mineral, car
bien qu'il ne foit pas fi fomnifere
dans cefte humidité, que lors qu'il eft
feparé de fes parties heterogenes, il
ne refte pas d'eftre le mefme, fa vertu
ne pouuant fi bien agir enclofe dans
vn labirinthe des fubftances, comme
dans vne feule qui luy fert; outre que
le Vitriol que nous auons dit cy-deffus
eftre dans ces eaux, eftant en petite
quantité au regard de l'humidité, & le
foulphre dont il s'agift en beaucoup
moindre dans le Vitriol, la portion

que l'on boit de ceſte eau , & le peu de
ſejour qu'elle fait dans le corps , comme auſſi l'agitatió qu'elle cauſe par ſes
diuerſes purgations , fait qu'elle ne
peut point aſſoupir auec tant de force
que fairoit vne prinſe de cet extraict,
veu meſmes que la quantité qu'on en
boit irritant la faculté expultrice, il ne
reſte dans le corps que les vapeurs qui
s'en ſont eſleuées pendant leur ſejour.

Ceſte raiſon eſtant trop haute, pour
beaucoup de perſonnes qui n'enten-
dent pas le moyen de tirer ce ſoulphre,
ou Magiſtere du Vitriol, peut eſtre
ſecondée d'vne plus familiere , qui ne
la deſtruit point. C'eſt que noſtre chaleur naturelle, ou les parties où elle re-
ſide le plus venant à eſtre arrouſée
d'vne ſubſtáce grandemét voporeuſe,
telle que l'eau enuoye dans le cerueau

comme dans vne chappe à diftiller les vapeurs qu'elle excite, qui s'y refoluent auffi toft, & caufent par ce moyen l'appetit de dormir, principalement apres le repas que les vapeurs des alimens efchauffent celle de l'eau qui s'y font defia refoluës.

La fource appellée SAINCT IEAN en honneur de Sainct Iean Baptifte eft proche de la Marquife de fept ou huit pas fur le mefme Rocher, & a fes effects prefque femblables à celle-là, à laquelle on obferue vne petite chaleur actuelle, ou pluftoft vne tiedeur que quelquesyns ont attribué à des vapeurs ou des exhalaifons fulphureufes, pour ne pas demeurer muets dans cefte particularité, car les autres fontaines en font entierement defpourueuës, mais qui côfiderera que les Mineraux com-

me les autres mixtes natûrels, ont vn
feu propre & central qui les efchauffe,
& que le grand diffoluant s'eftât char-
gé des efprits & fels qui font proche do
ce feu, rencontre vne veine dans ce
Rocher, beaucoup plus droicte, ou
moins efloignée que les autres fources
pour fortir dehors, attribuera à la proximité de ce feu le peu de chaleur que
la main y difcerne, car fi le foulphre
en eftoit le fujet, cefte Eau participe-
roit aux vertus de ce mineral, & ferui-
roit aux maladies de la poictrine & des
poulmons, de mefme que le foulphre
dont on vfe ordinairement, & neantmoins cefte forte de maux n'a rien de
plus contraire; ny qu'vne experience
ordinaire doiue plus faire apréhéder,
car bien que la proximité de la Marquife qui n'a que fort peu de diftance

de celle-cy, femble deuoir conferuer
vne femblable qualité. Il eft affeuré
que fa chaleur fe diffipe par vn tuyeau
indirect & oblique qu'il faut qu'elle
fuiue pour fourcer dehors, à caufe de
la denfité du Rocher, qui n'en permet
pas l'iffuë en tous fes endroits.

De l'autre cofté de la Riuiere regar-
dant vers le Soleil leuant fort en deux
iumelles fources la fontaine appellée,
Marie, d'vn Rocher continu au prece-
dant, moins abondante que la Marquife, mais beaucoup plus cuite & di-
gerée, voire mefmes qui reçoit des efprits de fer, plus que les autres (la Dominique exceptée) qui auec la pro-
prieté de fon fel mieux cuit, la réd plus
diuretique, & moins purgatiue, par
deffus cet effet des vrines, qui monftre
fa plus grande digeftion, la quantité

des vapeurs qu'elle enuoye au cerueau, fouuent auec douleur de tefte,
& le peu qu'elle lafche le ventre nous
monftrent que demeurant plus long
temps dans la terre, elle y reçoit vne
fermentation plus longue que toutes
les autres, & qu'on ne peut icy foup-
çonner vne mixtió d'autres mineraux
que ceux qu'auós defia nommez, fans
ignorer les proprietez de ceux là, qui
feuls preparez en mille façons rédent
des effets femblables à ces Eaux, au
moins autant que l'art peut fuiure la
nature.

Si l'on ne trouuoit pas plus de fujet
d'eftonnement aux vertus de ces eaux
qu'en leurs fources, icy l'on pourroit
admirer (parmy vn nombre infiny de
petits foufpirau|x qui embelliffent la
grandeur de ce Rocher par toutes fes

fentes, qui femblent s'eftre ainfin ex-
prez creuaſſées pour nous fournir d'a-
uantage de ce Baume mineral pour
vne infinité de maladies) vn million
de perles auſſi belles en apparence,
mais plus precieuſes en leurs rares vertus, ſi elles pouuoient eſtre recueillies,
que celles d'Orient, qui ſortent conti-
nuellement du fonds de la Riuiere ou
elle eſt fort profonde, en forme de l'ar.
me, iuſqu'à la furface de l'eau auant
que ſe meſler. Cefte obſeruation me
met en memoire vne remarque admi-
rable de la fontaine Marie, & de quelques autres, l'eau de laquelle miſe dans
vn vaſe quel qu'il ſoit, forme dix mille
perles qui s'attachét au fonds, ou contre vn anneau d'or ſi on l'y jette, qui
s'agrandiſſent à veuë d'œil, & que ie
prés pour vne marque de la plus gran-

de digestion du soulphre du Vitriol de
c'este Eau plus que des autres qui n'en
font pas de mesmes.

Par Anth. Vianes & Pierre Brun en l'an 1601 Depuis moins de téps que ces
fontaines sôt descouuertes par
certains pescheurs du lieu de
Vals, on en a trouué vne plus haute
que les precedétes de trois cens pas du
costé de la montagne voisine, que l'on
appelle Dominique, pour auoir esté
mise en vsage par vn Religieux de cet
Ordre qui en fit le premier l'espreuue,
elle sort au pied d'vne petite montagne d'vne Roche presque semblable à
celle d'embas, & ne céde point pour
des rares vertus à aucune autre. On y
cognoist les mesmes mineraux, mais
beaucoup plus cruds & plus grande
quantité de fer, ce qui la rend pesante
à l'estomach & grandemét vomitiue,
mais

mais auec heureux fuccez à ceux qui
ont le pouuoir de la fouftenir, fon
gouft eft plus roüillé, fon attraction
plus forte, foit par haut ou par bas, car
apres auoir fait vomir quelquefois, elle attire des humeurs teintes de la
plus eftrange façon qu'on en puiffe
voir. Cefte Eau purge moins vifte que
la Marquife, mais rend les dejections
beaucoup plus mauuaifes, colorées &
gluantes que celle-là, qui apres les
premieres felles, fe rend prefque auffi
claire que l'on la boit. Quelques vns
abufez d'vn limon rouge & luifant autour de cefte fource, & de la pefenteur
de l'eau à l'eftomach, ont ofé affeurer
que ce n'eftoit qu'vn pur litarge,
ignorans que le Vitriol contient foubs
la couleur verte naturelle, vne blan-
che en le calcinát à petit feu, puis vne

rouge tres-semblable à ceste terre ar-
gilleuse qui les a mespris.

I'adiousteray icy vne experience
tres certaine que i'ay fait sur ceste fó-
taine pour la guerison des fievres tier-
ces & quartes, qui est infaillible en
vsant à propos,& auec vne preparatió
conuenable, car elle euacüe puissam-
ment par haut & par bas toute sorte
d'humeurs melancholiques, desopile
& fait rendre des excremens noirs, ou
semblables (à quoy le fer peut bien
contribuer,ceste eau estant mixte)
d'vn Vitriol d'acier) & retirant a l'hu-
meur melancholique & bilieux.

Les obseruations precedentes me
font remarquer en ces lieux, que ces
eaux thermales, sont plus crües &
moins digestes du costé de la montagne que vers la plaine , & que les plus

esloignées da la Dominique qui eſt la
plus haute, ſont moins vomitiues, que
celles qui en ſont plus voiſines. Ce
qui m'aſſeure d'auantage ſur la difference, faicte au commencement de
ce diſcours ſur la diueiſité de ces ſources, car il eſt apparent que les plus
hautes eſtans moins digerées, & par
conſequent vomitiues, & les plus baſ-
ſes ſimplement diuretiques, marque
d'vne plus grande digeſtion, & celles du mitan eſtans purgatiues, qui
tiennent le milieu entre les deux ex-
tremes, il faut qu'vne plus forte ou
moindre chaleur leur donne ce qu'on
à voulu attribuer à vne compoſition
particuliere ſur chaſque fontaine,
& crois que ſi la Nature nous auoit
donné par deça la Marie vne autre
ſource qui en fut esloignée de là pro-

portió des fufdites , elle feroit fudori-
fique, & tiendroit peu des autres qualitez.

C'eft affez monftré que le Vitriol
eft le feul fel mixte naturellement dás
ces eaux, qu'on n'y en peut admettre
d'autres, ny des metaux que le cuiure
& le fer, encores celuy-là en moindre
quantité que celuy-cy:Mais pour l'af-
furer d'auantage contre l'opinion de-
ceux qui ont creu qu'il y auoit du
foulphre ,du bitume, de l'alum , de
nitre ,de litarge , & femblables,nous
en fairons encore icy vne Anatomie
particuliere.

Le marc donc ou fel defeché fixe
qui refte au fonds des vaiffeaux (qui
feul peut nous refoudre ce doubte)en
l'efuaporation de l'eau, & feparation
des diuerfes fubftances, s'il y auoit du

bitume, seroit onctueux extraordi-
nairement, & neátmoins il ne s'y re-
marque que le sel onctueux du Vitriol comme au sel de tartre, l'alun en
la calcination rendroit rare & leger,
ou du moins empescheroit la densité
de ce sel, ce qui ne se faict pas, car il se
fixe & durcit d'auantage, le Nitre seroit enflammer, petiller, ou esuaporer
les diuerses substances ausquelles il
est joinct, comme lors que nous les
meslons artificielement auec quelque
mixte que ce soit, puis exposé à vn
grand feu, le plomb se manifesteroit
par le goust, comme au sucre de Satur-
ne, & neantmoins toutes ces diuersi-
tez n'y paroissent point, ains ce sel se
fixe & rend beaucoup plus acre, de
mesme que le Vitriol, ce qui à esté ex-
perimenté tant du sel qui reste en l'es-

C   3

uaporation de l'eau, que de celuy qui
fe trouue en hyuer en temps fec deffus les Rochers, & fur l'herbe autour
des fontaines ou il fe concret blanc
comme de la nege, iufqu'à ce que les
pluyes l'ayent fondu, ie ne dis rien icy
du foulphre ayant refuté cefte opinió
cy deffus, refte à examiner les raifons
que ceux qui admettoient ces differentes fubftances, auoient eu pour s'y
laiffer perfuader.

La chaleur de la Sainct Iean la ren-
doit fufpecte du foulphre, & cefte
chaleur doit eftre attribuée à la proximité de fon feu. L'onctuofité du fel
ou pluftoft vne pellicule qui paroit
fur ces eaux là ou elles croupiffent,
femblant à de la graiffe, s'attribuoit
au bitume qui n'eft icy deuë qu'au Vitriol, que les artiftes fçauent en faire

de mefmes fans beaucoup de peine,
l'adftriction au gouſt ſeul, ou plus ve-
ritablement l'acrimonie de ces eaux
accuſoit l'alun, & ceſte qualité s'ob-
ſerue auſſi puiſſante à noſtre Vitriol,
qui auec la faculté adftringére, à auſſi
celle de rafraichir (que l'on attribuoit
au Nitre) par la tenuité de ſa ſubſtáce
portant ceſte eau elementaire, qui eſt
le premier froid & humide aux parties qui en ont beſoin. La Litarge
auoit vn feble fondement n'eſtant
poſé que ſur le ſable ou terre rouge de
la fontaine Dominique, à laquelle
auſſi on ſoubçonnoit quelque anti-
moine, d'autant qu'elle fait vomir, &
rend les excremens noirs: mais en celle-cy de meſmes qu'aux autres, on ne
doit point auoir eſgard, puis qu'il eſt
aſſeuré que le Vitriol faict vomir, &

que l'acier de quelque façon que l'on
le prepare pour les obstructions à la
puissance de noircir les excremens tât
soit peu que l'on continuë son vsage.

N'achevons pas ces remarques sans
dire quelque chose de la boisson de
ces eaux, de la methode, du temps, &
de la quátité, qu'il en faut vser, laissant
aux doctes Medecins qui cognoissent
les sources, & à ceux qui pour en estre
esloignez verront seulemét par escrit
leur composition, à iuger de leurs vertus, & à quelles personnes & maladies
elles doiuent estre prescriptes : Nous
contentans de dire succintement &en
passant que les douleurs de teste mi-
graine, epilepsie, vertige, prouenás d'o-
pilatió de foye, de rate ou du mesétere,
ont icy vn puissát remede, qui est aussi
excellent pour les coliques renales,

difficulté d'vrine, grauelles, pierres aux
reins, & dás la vefcie, glaires ou phleg-
mes dans les reins, & autres indifpofi-
tions de femblable nature, qui agift a-
uec tant de puiffance, qu'il eft difficile
de croire les prodigieux effets qu'elles
ont caufé, elles facilitent & aydent
grandement à la conception des fem-
mes, font venir les mois, & corrigent
la chaleur du foye ; de ces proprietez
on peut tirer mille confequences pour
tout autant de maladies, que ie laiffe
au iugement des Medecins, pour n'exceder les termes de ma profeffion, &
pour commencer pluftoft l'ordre qu'il
faut tenir pour le bien prendre, afin
d'acheuer en fuite celuy de ce difcours

Ce qui eft le plus en vfage, eft ordinairement ce qui eft le moins raifo-
nable, & quand les fautes n'auroient

d'autres marques pour eſtre cognués
que la practique de beaucoup de perſonnes qui ſe font ſçauans de tout ignorer, principalement en l'vſage des
remedes, & a perſuader les moins re-
ſolus à les enſuiure dans leur deſordre,
on peut diſcerner aiſemét que ce ſont
des erreurs irreparables à la ſanté, d'v-
ſer des remedes aperitifs ſans ordre ny
regime. Beaucoup de perſonnes boiuent de ces Eaux dés qu'ils ſont arriuez
ſur le lieu, ſans precaution aucune, &
ſans aprehender des accidens auſſi fu-
neſtes qu'il en eſt arriué à pluſieurs, &
pretendans ouurir des obſtructions
dans le corps s'en formét des nouuel-
les&rendét les meilleurs remedes inu-
tiles pour la guerifon de celles qu'ils a-
uoient auparauant. Qu'on ſe figure
ces Eaux ainſi vitriolées, auſſi rapides

en leur action dás noſtre corps, qu'vn
torrent ſur la terre, qui emporte auec
violence tout ce qui s'oppoſe à ſon
cours, & au lieu de ſe faciliter vn chemin eſtroit ſe fait vn embarras de mille immondices qui l'arreſtent, & l'on
pourra facilement cognoiſtre qu'elles
ſont dangereuſes ſi par quelque remede benin, on ne ſe deſcharge des humeurs & des excremens groſſiers qui
ſe rencontrent dans l'eſtomach & aux
autres parties: Car autrement ces Eaux
qui à cauſe du ſel vitriolic ſont vn peu
acres, raclent tout ce qui ſe rencontre
de plus groſſier, & le portent auec ſoy
du coſté qu'elles doiuent ſortir, & a-
yant à paſſer par des conduicts extre-
mement eſtroicts, comme ſont les ve-
nes meſeraiques, les reins, & ſemblables, enfoncent plus auát les humeurs

qui n'eſtoient qu'à la porte , & s'ac-
quierent des nouueaux maux. Ceux
qui ont des incommoditez, ne peuuét
pas s'excuſer de courir ceſte riſque, ou
ils ſeroient ſans excremens & mauuai-
ſes humeurs, que ie ne puis croire, que
ſi quelques vns ne s'en ſont pas mal
trouuez, la plus part en ont eſté plus
malades.

Pour les prendre auec plus de methode , on commence par quelque
lauement, & leger purgatif, plus ou
moins, ſelon la qualité du mal, & l'ha-
bitude des perſonnes , & puis boiuent
de ces eaux ainſin diſpoſés quatre,
cinq, ou ſix verres, apres s'eſtre vn peu
repoſez.

L'experience d'vn docte Medecin
_{Monſieur Simon.} de ce lieu qui ordon-
ne quelques cueillerées de ſyrop vio.

lat ou autre conuenable selon qu'il
est à propos auant que boire des eaux
pour lenir & ouurir les conduits, fait
voir qu'il est tres necessaire d'obseruer
vne si bonne regle.

On commence ceste boisson pour
l'ordinaire des la mi Iuin iusqu'à la
mi-Octobre, obseruant neantmoins
la saison la plus chaude pour la meil-
leure,car alors on n'en à point de mal
à l'estomach, quoy que sur lieu, si la
necessité le requiert,on les prenne
mesmes en hyuer heureusement, la
faisant chaufer dans le bain Marie;
ayant commencé par vne moindre
quantité on augmente peu à peu iusqu'à vne plus grande, les vns plus, les
autres moins,selon qu'vn chacū iuge
son estomach estre capable:Dix ou 12.
bons verres suffisent à plusieurs pour

la plus haute dofe, qu'aucuns con-
tinuent iufques à vingt ou vingt cinq
(quoy que d'exceder ce nombre nui-
fe plus fouuent qu'il ne profite) que
l'on préd à diuerfes fois en fe prome-
nant, tantoft quatre verres, puis cinq
ou fix de fuite, ou plus, en mangeant
de l'Anis confit, pour obuier aux cru-
ditez de l'eau, ceux qui ont l'eftomach
foible, principalement en l'vfage de
la fontaine Dominique, feront mieux
s'ils prennent par fois quelque tablete
d'Alchermes, qui les fortifiera plus
puiffemment.

    Le temps qu'il en faut vfer,
ne fe peuft pas prefcrire reguliere-
ment, veu que les malades ont be-
foin d'en prendre plus long temps
les vns que les autres, fuiuant leurs
maux, & le fuccez qu'ils en ont.

On ne doit gueres aller au deſſous d'vne quinzaine de iours, & le plus ordinaire iuſqu'à vn mois, pendant lequel temps, il faut vſer de lauements ſi on a peine à les rendre, & au mitan de l'vſage d'vn boüillon de poulet ou l'on fera fondre de la manne, ou ſyrop roſat, comme il ſera iugé plus vtile, qu'il faut reiterer ſur la fin de la boiſ-ſon des eaux, pour faire eſuacuer ce qu'il pourroit auoir arreſté de Vitriol dans le corps.

L'vſage du criſtal de tartre diſſout dans vn boüilló tous les matins au re-tour de la fontaine, ſert d'vn excellent vehicule à ces Eaux, & purge auec au-tant de facilité qu'il eſt vtile meſlé par-my ceſte boiſſon, outre qu'il eſt deſo-pilatif auec tant de vertu, qu'il paſſe pour le premier des ſemblables remedes.

Mais d'autant que ces Eaux nuiſent à quelques vns, & que les Fontaines, Marie & Marquiſe, n'agiſſent pas toujours ſans violence, pour contenter l'eſprit de ceux qui trouuent de l'incommodité en l'vſage des ſources qui portent ces noms, ie veux deſcouurir icy les penſées du mien, qui m'a fait recercher le ſujet qui rēd en ces lieux, des ſubſtances enrichies de tant de bōtez, coulpables de tant de douleurs.

Si le ſujet duquel ie traicte auoit vne meſme raiſō auec nous, c'eſt ſans doute que ſes actiós ne ſeroient point contrariées, & nos eſtomachs & nos cœurs receuroient auec delice les aduantages qu'il nous cōmunique, mais eſtant capable de la reception d'autres eſprits que de ſes naturels, qui s'eſtonnera

que l'acrimonie des fels nous mal traî-
te, puis que nous auons auec les efprits
foufterrains qu'il en reçoit vne anti-
pathie originelle.

Ceux qui à trauers les opaques, effects de ces excellentes fontaines, penetreront iufqu'à la vraye fource, be-
niront les noms de Marie & de Marquife, leurs fubftances n'eftant point
alterées, car nous pouuant departir
leurs vertus immediatement, quel bié
s'en pourroit conferuer le nom aupres
de ceft extreme, puis que malgré l'a-
crimonie des efprits fixes qui s'vniffét
aux douces vapeurs de ces Eaux, mille
forte de maladies ne peuuent refifter à
leur puiffance. I'admire de Paracelfe
cefte verité tant efprouuée, qui accufe
le peché de la cheute de la nature, qui
(dit il) d'vn eftat excellent eft tombée

D

dans vn eſtat tres-calamiteux , & ne peut plus produire ſes pures eſſences, qu'elles ne ſoient meſlées de maligni-té & de venin, qualitez autant confor-mes à ſa cauſe maudite , qu'elles ſont contraires à noſtre ſubſiſtáce par mille ſortes de morts & de maladies : Car ſi ces fontaines, Marie & Marquiſe, nous faiſoient ſentir leurs proprietez ſans meſlange, nous verrions en effet en ces lieux, les merueilles que nous pouuós ſeulement nous imaginer , & ſi nous tirons en conſequence des vertus de ces ſources ainſin meſlées, les perfec-tions qu'elles auroient dans leur natu-rel, nous en pourrions eſperer plus de miracles eſtans homogenes, qu'elles n'ont d'actions ainſi differentes.

Le peu de croyance que i'ay à moy meſme ne me permet pas d'avancer

d'auantage dans ces aduis , ny de dire
sur ce papier plus que ce que le feu des
fourneaux m'a fait lire sur celuy des
fontaines , où la nature, mais pluſtoſt
le ſupreme Moteur d'icelle a eſcrit par
des caractères que la ſeule Chymie
peut entendre les receptes merueilleu-
ſes de tant de maux, que ceſt Art, (qui
ſans honte produit aux yeux des ſages
la nudité des ſubſtances les plus occultes à nos ſens) nous apprend à mettre
en vſage. Ceux qui ſe pourront ayder
de ceſte cognoiſſance & penetreront
ce criſtal liquide pour en comprendre
les ſecrets, n'v ſeront plus du prouerbe
qui compare la perte du temps à l'eſ-
criture de l'onde, voyant dans les boüillons de ces Eaux , des periodes de
ſanté ſi parfaites , & vne liaiſon ſi
excellente de mots ſalutaires.

F I N.

APPROBATIONS.

NOVS François Ranchin Conseiller & Medecin du Roy, Professeur & Chancellier en l'Vniuersité de Medecine de Montpellier. Certifions à tous ceux qu'il appartiendra auoir leu ce petit discours, de la nature & proprietez des fontaines minerales de Vals, dans lequel nous n'auons remarqué aucune chose qui ne soit conforme à la raison, & à l'experience, comme nous tesmoignons par l'application de nostre seing. Fait à Montpellier ce 28. Iuillet, 1638.   Signé. RANCHIN.

NOVS Simon Cortaud, Conseiller, Medecin & Professeur du Roy en la susdite Vniuersité, & Doyen en icelle. Rendós le mesme tesmoignage du susdit discours. Et le certifions par l'application de nostre seing. Faict à Montpellier l'an & iour que dessus.   Signé.   CORTAVD.

NOVS Pierre Simon Docteur en Medecine. Attestons auoir assisté aux operations qui ont esté faites par le sieur Reynet sur les Eaux minerales de Vals, ainsi qu'il les a rapportées dans ce petit traicté, que nous approuuons & certifions de nostre seing. Fait à Aubenas le 10. Ianuier 1639

Signé. SIMON.

www.ingramcontent.com/pod-product-compliance
Lightning Source LLC
Chambersburg PA
CBHW061702180626
46818CB00003B/1218